AF314354

SUPPLEMENT

A LA

SECONDE SUITE

DES

MELANGES

DE

LITTERATURE, &c.

E₀

LE
PAUVRE DIABLE.

UEL parti prendre ? où fuis-je & qui dois-
    je être ?
Né dépourvu, dans la foule jetté,
Germe naiffant par les vents emporté,
Sur quel terrain puis-je efpérer de craître ?
Comment trouver un état, un emploi ?
Sur mon deftin de grace inftruifez-moi.

    — Il faut s'inftruire & fe fonder foi-même ;
S'interroger, ne rien croire que foi,
Que fon inftinct ; bien favoir ce qu'on aime ;
Et fans chercher des confeils fuperflus,
Prendre l'état qui vous plaira le plus.
J'aurais aimé le métier de la guerre.
Qui vous retient ? allez ; déja l'hiver
A difparu ; déja gronde dans l'air
L'airain bruyant, ce rival du tonnerre ;
Du Duc de Broglie ofez fuivre les pas ;
Sage en projets, & vif dans les combats,
Il a tranfmis fa valeur aux foldats ;

Ee 2

Il va venger les malheurs de la France :
Sous fes drapeaux marchez dès aujourd'hui ;
Et méritez d'être apperçu de lui.

— Il n'eft plus tems ; j'ai d'une Lieutenance
Trop vainement demandé la faveur,
Mille rivaux briguaient la préférence ;
C'eft une preffe ! En vain Mars en fureur
De la patrie a moiffonné la fleur,
Plus on en tue, & plus il s'en préfente :
Ils vont trotant des bords de la Charente ;
De ceux du Lot, des côteaux Champenois,
Et de Provence, & des monts Francomtois,
En botte, en guêtre, & furtout en guenille,
Tous affiégeant la porte de Crémille,
Pour obtenir des maîtres de leur fort
Un beau brevet qui les mêne à la mort.
Parmi les flots de la foule empreffée,
J'allai montrer ma mine embarraffée ;
Mais un Commis me prenant pour un fot,
Me rit au nez, fans me répondre un mot ;
Et je voulus, après cette avanture,
Me retourner vers la Magiftrature.

— Eh bien ! la robe eft un métier prudent ;
Et cet air gauche, & ce front de pédant,
Pourront encor paffer dans les enquêtes ;
Vous verrez là de merveilleufes têtes !
Vite achetez un emploi de Caton ;
Allez juger ; êtes-vous riche ? — Non ;
Je n'ai plus rien, c'en eft fait — Vil atôme !
Quoi ! point d'argent ? Et de l'ambition !

Pauvre

Pauvre impudent, apprends qu'en ce royaume
Tous les honneurs font fondés fur le bien.
L'antiquité tenait pour axiome,
Que rien n'eft rien, que de rien ne vient rien.
Du genre humain connais quelle eft la trempe;
Avec de l'or je te fais Préfident,
Fermier du Roi, Confeiller, Intendant.
Tu n as point d'aîle, & tu veux voler! rampe.
— Hélas! Monfieur, déja je rampe affez.
Ce fol efpoir qu'un moment a fait naître,
Ces vains défirs pour jamais font paffés:
Avec mon bien j'ai vû périr mon être.
Né malheureux, de la craffe tiré,
Et dans la craffe en un moment rentré;
A tous emplois on me ferme la porte.
Rebut du monde, errant, privé d'efpoir;
Je me fais moine, ou gris, ou blanc, ou noir;
Rafé, barbu, chauffé, déchaux, n'importe.
De mes erreurs déchirant le bandeau,
J'abjure tout; un cloitre eft mon tombeau;
J'y vai defcendre; oui, j'y cours — Imbécile,
Va donc pourrir au tombeau des vivants.
Tu crois trouver le repos, mais apprends
Que des foucis c'eft l'éternel azile,
Que les ennuis en font leur domicile,
Que' la difcorde y nourrit fes ferpents,
Que ce n'eft plus ce ridicule temps
Où le capuce, & la toque à trois cornes,
Le fcapulaire & l'impudent cordon
Ont extorqué des hommages fans bornes.

E e 3

Du

Du vil berceau de son illusion
La France arrive à l'âge de raison ;
Et les enfans de *François* & d'*Ignace*
Bien reconnus sont remis à leur place.
Nous faisons cas d'un cheval vigoureux,
Qui déployant quatre jarrets nerveux,
Frappe la terre & bondit sous son maître ;
J'aime un gros bœuf, dont le pas lent & lourd,
En sillonnant un arpent dans un jour,
Forme un gueret où mes épics vont naître ;
L'âne me plait ; son dos porte au marché
Les fruits du champ que le rustre a béché ;
Mais pour le singe, animal inutile,
Malin, gourmand, saltimbanque indocile,
Qui gâte tout & vit à nos dépens,
On l'abandonne aux laquais fainéans.
Le fier Guerrier, dans la Saxe en Thuringe ;
C'est le cheval : un * Pequet, un † Pleneuf,
Un trafiquant, un commis est le bœuf,
Le peuple est l'âne, & le moine est le singe.
 — S'il est ainsi, je me décloître. O Ciel !
Faut - il rentrer dans mon état cruel !
Faut - il me rendre à ma première vie !
 — Quelle était donc cette vie ? — un Enfer,
Un piége affreux tendu par Lucifer.
J'étais sans biens, sans métier, sans génie,
Et j'avais lû quelques méchans auteurs ;

Je

* Premier Commis, grand travailleur.
† Intendant des vivres, grand travailleur aussi.

Je croyais même avoir des protecteurs;
Mordu du chien de la métromanie,
Le mal me prit je fus auteur aussi.

   — Ce métier - là ne t'a pas réussi,
Je le vois trop ; ça, fai - moi, pauvre Diable,
De ton désastre un récit véritable.

   Que faisais tu sur le Parnasse ? — Hélas !
Dans mon grenier entre deux sales draps,
Je célébrais les faveurs de Glicère,
De qui jamais n'approcha ma misére ;
Ma triste voix chantait d'un gosier sec
Le vin mousseux, le Frontignan, le Grec ;
Buvant de l'eau dans un vieux pot à biére ;
Faute de bas passant le jour au lit,
Sans couverture, ainsi que sans habit,
Je fredonnais des vers sur la paresse,
D'après Chaulieu je vantais la mollesse.

   Enfin un jour qu'un surtout emprunté
Vêtit à crû ma triste nudité,
Après midi, dans l'antre de Procope,
(C'était le jour que l'on donnait Mérope)
Seul dans un coin, pensif & consterné,
Rimant une Ode, & n'ayant point diné,
Je m'accostai d'un homme à lourde mine ;
Qui sur sa plume a fondé sa cuisine,
Grand écumeur des bourbiers d'Hélicon,
De Loyola chassé pour les fredaines,
Vermisseau né du cu de Des Fontaines ;
Digne en tout sens de son extraction,
Lâche Zoïle, autrefois laid Giron.

E e 4

Cet

Cet animal se nommait Jean Fréron.
J'étais tout neuf, j'étais jeune, sincère,
Et j'ignorais son naturel félon;
Je m'engageai sous l'espoir d'un salaire,
A travailler à son hebdomadaire,
Qu'aucuns nommaient alors patibulaire.
Il m'enseigna comment on dépéçait
Un livre entier, comme on le recousait;
Comme on jugeait du tout par la préface;
Comme on louait un sot auteur en place,
Comme on fondait avec lourde roideur
Sur l'écrivain pauvre & sans protecteur.
Je m'enrôlai, je servis le Corsaire;
Je critiquai, sans esprit & sans choix;
Impunément le théâtre, la chaire,
Et je mentis pour dix écus par mois;
Quel fut le prix de ma plate manie?

    Je fus connu, mais par mon infamie;
Comme un gredin, que la main de Thémis
A diapré de nobles fleurs de lys,
Par un fer chaud, gravé sur l'omoplate.
Triste & honteux, je quittai mon pirate,
Qui me vola, pour fruit de mon labeur,
Mon honoraire en me parlant d'honneur.

    M'étant ainsi sauvé de sa boutique,
Et n'étant plus compagnon satirique,
Manquant de tout dans mon chagrin poignant,
J'allai trouver Le Franc de Pompignan,
Ainsi que moi natif de Montauban,
Lequel jadis a brodé quelque phrase

Sur

Sur la Didon qui fut de Métaſtaſe.
Je lui contai tous les tours du croquant.
Mon cher pays, ſecourez moi, lui dis-je,
Fréron me vole, & pauvreté m'aflige.

De ce bourbier vos pas ſeront tirés,
Dit Pompignan, votre dur cas me touche;
Tenez, prenez mes cantiques ſacrés;
Sacrés ils ſont, car perſonne n'y touche;
Avec le temps un jour vous les vendrez:
Plus, acceptez mon chef-d'œuvre tragique
De Zoraïd; la ſcène eſt en Afrique;
A la Clairon vous le préſenterez:
C'eſt un tréſor : allez & proſpérez.

Tout ranimé par ſon ton didactique;
Je cours en hâte au Parlement comique,
Bureau de vers, où maint auteur pelé
Vend mainte ſcène à maint acteur ſiflé.
J'entre, je lis d'une voix fauſſe & grèle
Le triſte Drame écrit pour la Denôle.
Dieu paternel, quels dédains, quel accueil!
De quelle œillade altiére, impérieuſe,
La Duménil rabattit mon orgueil!
La d'Argeville eſt plaiſante & moqueuſe;
Elle riait; Grandval me regardait
D'un air de Prince, & Sarrazin dormait;
Et renvoyé penaut par la cohue,
J'allai gronder & pleurer dans la ruë.

De vers, de proſe & de honte étouffé,
Je rencontrai Greſſet dans un Caffé,
Greſſet doüé du double privilége

D'être

D'être au Collége un bel esprit mondain;
Et dans le monde un homme de Collége;
Greffet dévot; longtemps petit badin,
Sanctifié par ses palinodies;
Il prétendait avec componction
Qu'il avait fait jadis des Comédies;
Dont à la vierge il demandait pardon.
— Greffet se trompe, il n'est pas si coupable;
Un vers heureux & d'un tour agréable
Ne suffit pas; il faut une action,
De l'intérêt, du comique, une fable,
Des mœurs du temps un portrait véritable,
Pour consommer cette œuvre du Démon.
Mais que fit-il dans ton affliction?
— Il me donna les conseils les plus sages;
Quittez, dit-il, les profanes ouvrages;
Faites des vers moraux contre l'amour;
Soyez dévot, montrez vous à la cour.

Je crois mon homme. & je vais à Versaille;
Maudit voyage! hélas chacun le raille
En ce pays d'un pauvre auteur moral;
Dans l'antichambre il est reçu bien mal,
Et les laquais insultent sa figure,
Par un mépris pire encor que l'injure.
Plus que jamais confus, humilié,
Devers Paris je m'en revins à pié.

L'Abbé Trublet alors avait la rage
D'être à Paris un petit personnage,
Au peu d'esprit que le bon homme avait
L'esprit d'autrui par suplément servait;

Ii

Il entaffait adage fur adage,
Il compilait, compilait, compilait ;
On le voyait fans ceffe écrire, écrire
Ce qu'il avait jadis entendu dire ;
Et nous laffait fans jamais fe laffer.
Il me choifit pour l'aider à penfer.
Trois mois entiers enfemble nous penfames,
Lumes beaucoup, & rien n'imaginames.

L'Abbé Trublet m'avait pétrifié ;
Mais un bâtard du fieur de la Chauffée
Vint ranimer ma cervelle épuifée ;
Et tous les deux nous fimes par moitié
Un Drame court & non verfifié,
Dans le grand goût du larmoyant comique,
Roman moral, roman métaphifique.

—Eh bien, mon fils, je ne te blâme pas ;
Il eft bien vrai que je fais peu de cas
De ce faux genre, & j'aime affez qu'on rie ;
Souvent je bâille au tragique bourgeois,
Aux vains efforts d'un Auteur amphibie,
Qui défigure & qui brave à la fois,
Dans fon jargon, Melpoméne & Thalie.
Mais après tout, dans une comédie,
On peut par fois fe rendre intéreffant,
En empruntant l'art de la tragédie,
Quand par malheur on n'eft point né plaifant.
Fus-tu joué ? ton Drame hetéroclite
Eut-il l'honneur d'un peu de réuffite ?

—Je cabalai, je fis tant qu'à la fin
Je comparus au tripot d'Arlequin.

Je fus hué : ce dernier coup de grace
M'allait fans vie étendre fur la place ;
On me porta dans un logis voifin,
Prêt d'expirer de douleur & de faim,
Les yeux tournés, & plus froid que ma piéce.
— Le pauvre enfant ! ton malheur m'intéreffe ;
Il eft naïf ! Allons, pourfui le fil
De tes récits : ce logis quel eft il !
— Cette maifon d'une nouvelle efpéce,
Où je reftai longtems inanimé,
Etait un antre, un repaire enfumé,
Où s'affemblaient fix fois en deux femaines
Un refte impur de ces énergumènes,
De Saint Médard effrontés charlatans,
Trompeurs, trompés, monftres de nôtre temps;
Miffel en main la cohorte infernale
Pfalmodiait en ce lieu de fcandale,
Et s'exerçait à des contorfions,
Qui feraient peur aux plus hardis Démons.
Leurs hurlemens en furfaut m'éveillèrent ;
Dans mon cerveau mes efprits remontérent ;
Je foulevai mon corps fur mon grabat,
Et m'avifai que j'étais au fabat.
Un gros Rabin de cette finagogue,
Que j'avais vu ci-devant pédagogue ;
Me reconnut ; le bouc s'imagina
Qu'avec fes faints je m'étais couché là.
Je lui contai ma honte & ma détreffe.
Maître Abraham, après cinq ou fix mots
De compliment, me tint ce beau propos:

» J'ai

,, J'ai comme toi croupi dans la baffeffe ,
,, Et c'eft le lot des trois quarts des humains ;
,, Mais notre fort eft toûjours dans nos mains ;
,, Je me fuis fait Auteur difant la Meffe,
,, Perfécuteur, délateur, efpion ;
,, Chez les dévots je forme des cabales ;
,, Je cours, j'écris, j'invente des fcandales,
,, Pour les combattre & pour me faire un nom ;
,, Pieufement femant la zizanie,
,, Et l'arrofant d'un peu de calomnie.
,, Imite moi, mon art eft affez bon ;
,, Sui comme moi les méchants à la pifte ;
,, Crie à l'impie, à l'athée, au déifte,
,, Au Géomètre ; & furtout prouve bien
,, Qu'un bel efprit ne peut être Chrétien :
,, Du rigorifme embouche la trompette ;
,, Sois hypocrite, & ta fortune eft faite.
   A ce difcours faifi d'émotion,
Le cœur encor aigri de ma difgrace,
Je répondis en lui couvrant la face
De mes cinq doigts ; & la troupe en beface ;
Qui fut témoin de ma vive action,
Crut que c'était une convulfion.
A la faveur de cette opinion
Je m'efquivai de l'antre de Mégère.
— C'eft fort bien fait ; fi ta tête eft légère ;
Je m'apperçois que ton cœur eft fort bon.
Où courus tu préfenter ta mifère ?
— Las ! où courir dans mon deftin maudit !
N'ayant ni pain, ni gite, ni crédit,

Je

Je résolus de finir ma carrière,
Ainsi qu'ont fait, au fond de la riviére;
Des gens de bien, lesquels n'en ont rien dit.
    O changement ! ô fortune bizarre !
J'apprends soudain qu'un oncle trépassé,
Vieux Janséniste & Docteur de Navarre,
Des vieux Docteurs certes le plus avare,
Ab intestat malgré lui m'a laissé
D'argent comptant un immense héritage.
    Bientôt changeant de mœurs & de langage;
Je me décrasse, & m'étant dérobé
A cette fange où j'étais embourbé,
Je prens mon vol ; je m'éléve, je plane ;
Je veux tâter des plus brillants emplois,
Etre Officier, signaler mes exploits,
Puis de Thémis endosser la soutane,
Et moyennant vingt mille écus tournois ;
Etre appellé le tuteur de nos Rois.
J'ai des amis, je leur fais grande chère ;
J'ai de l'esprit alors ! & tous mes vers
Ont comme moi l'heureux talent de plaire ;
Je suis aimé des Dames que je sers.
Pour compléter tant d'agrémens divers,
On me propose un très bon mariage ;
Mais les conseils de mes nouveaux amis,
Un grain d'amour ou de libertinage,
La vanité, le bon air, tout m'engage
Dans les filets de certaine Laïs,
Que Belzébut fit naître en mon pays,
Et qui depuis a brillé dans Paris.

Elle danſait à ce tripot lubrique,
Que de l'Egliſe un Miniſtre impudique
(Dont Marion * fut ſervie aſſez mal,)
Fit élever près du Palais Royal.

    Avec éclat j'entretins donc ma belle;
Croyant l'aimer, croyant être aimé d'elle;
Je prodiguai les vers & les bijoux:
Billets de change étaient mes billets doux:
Je conduiſais ma Laïs triomphante,
Les ſoirs d'Eté, dans la lice éclatante
De ce rempart, azile des amours,
Par † Outrequin rafraichi tous les jours.
Quel beau vernis brillait ſur ſa voiture!
Un petit peigne orné de diamants
De ſon chignon ſurmontait la parure;
L'Inde à grands frais tiſſut ſes vêtements,
L'Argent brillait dans la cuvette ovale,
Où ſa peau blanche & ferme autant qu'égale;
S'embelliſſait dans des eaux de jaſmin.
A ſon ſouper un ſurtout de Germain
Et trente plats chargeaient ſa table ronde
Des doux tributs des forêts & de l'onde.
Je voulus vivre en fermier général:
Que voulez-vous, hélas! que je vous diſe?
Je payai cher ma brillante ſottiſe,

En

* Marion Delorme, fille très-reſpectée en ſon temps.

† Mr. Outrequin qui fait arroſer le rempart fort proprement.

En quatre mois je fus à l'Hôpital.

  Voilà mon fort, il faut que je l'avouë.
Conseillez moi. — Mon ami, je te louë
D'avoir enfin déduit sans vanité
Ton cas honteux, & dit la vérité;
Prête l'oreille à mes avis fidelles.
Jadis l'Egypte eut moins de sauterelles
Que l'on ne voit aujourd'hui dans Paris
De malotrus, soit disant beaux esprits,
Qui dissertant sur les piéces nouvelles,
En font encor de plus sifflables qu'elles:
Tous l'un de l'autre ennemis obstinés,
Mordus, mordants, chansonneurs, chansonnés,
Nourris de vent au Temple de mémoire,
Peuple crotté qui dispense la gloire.

  J'estime plus ces honnêtes enfans,
Qui de Savoye arrivent tous les ans,
Et dont la main légérement essuie
Ces longs canaux engorgés par la suie;
J'estime plus celle qui dans un coin
Tricote en paix les bas dont j'ai besoin,
Le cordonnier qui vient de ma chaussure
Prendre à genoux la forme & la mesure;
Que le métier de tes obscurs Frérons.
Maître Abraham, & ses vils compagnons;
Sont une espéce encor plus odieuse.
Quant aux Catins, j'en fais assez de cas;
Leur art est doux, & leur vie est joyeuse;
Si quelquefois leurs dangereux appas
A l'hôpital ménent un pauvre Diable;

Un

Un grand benêt, qui fait l'homme agréable,
Je leur pardonne, il l'a bien mérité.

Ecoute, il faut avoir un pofte honnête;
Les beaux projets dont tu fus tourmenté,
Ne troublent plus ta ridicule tête;
Tu ne veux plus devenir Confeiller;
Tu n'as point l'air de te faire Officier,
Ni Courtifan, ni Confeiller, ni Prêtre.
Dans mon logis il me manque un portier;
Pren ton parti, répon - moi, veux - tu l'être?
Oui - da, Monfieur. — Quatre fois dix écus
Seront par an ton falaire; & de plus,
D'affez bon vin chaque jour une pinte
Rajuftera ton cerveau qui te tinte;
Va dans ta loge; & fur-tout, garde toi
Qu'aucun Fréron n'entre jamais chez moi.

— J'obéirai fans replique à mon maître,
En bon Portier: mais en fecret, peut-être,
J'aurais choifi dans mon fort malheureux,
D'être plutôt le Portier des Chartreux.

LA

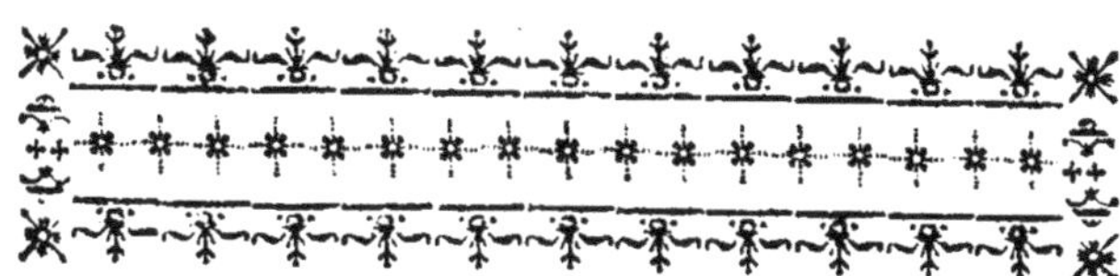

LA VANITÉ.

QUAS-TU, petit bourgeois d'une petite ville ?
Quel accident étrange, en allumant ta bile,
A fur ton large front répandu la rougeur ?
D'où vient que tes gros yeux pétillent de fureur ?
Répon donc. — * L'Univers doit venger mes injures ;
L'Univers me contemple, & les races futures
Contre mes ennemis dépoferont pour moi.
— L'Univers, mon ami, ne penfe point à toi ;
L'avenir encor moins : condui bien ton ménage,
Diverti-toi, boi, dors, fois tranquille, fois fage.
De quel nuage épais ton crane eft offufqué !
— Ah ! j'ai fait un difcours, & l'on s'en eft moqué !

Des

* Un provincial dans un mémoire, a imprimé ces mots : *Il faut que tout l'univers fache que leurs Majeftés fe font occupées de mon difcours, le Roi l'a voulu voir, toute la Cour l'a voulu voir, les Meffieurs & les Dames font priés de le voir.* Il dit dans un autre endroit, *que fa naiffance eft encore au-deffus de fon difcours.* Un frère de la doctrine Chrétienne a trouvé peu d'humilité Chrétienne dans les paffages de ce Monfieur, & pour le corriger il a mis en lumiere ces vers Chrétiens, applicables à tous ceux qui ont plus de vanité qu'il n'en faut.

Des plaisans de Paris j'ai senti la malice ;
Je vais me plaindre au Roi qui me rendra justice ;
Sans doute il punira ces ris audacieux.
—Va, le Roi n'a point lû ton discours ennuyeux,
Il a trop peu de temps, & trop de soins à prendre,
Son peuple à soulager, ses amis à défendre,
La guerre à soutenir. En un mot les Bourgeois
Doivent très rarement importuner les Rois.
La Cour te croira fou ; reste chez toi, bon homme.
—Non, je n'y puis tenir ; de brocards on m'assomme.
Les *quand*, les *qui*, les *quoi* pleuvant de tous côtés,
Sifflent à mon oreille, en cent lieux répétés.
On méprise à Paris mes chansons judaïques,
Et mon *Pater* Anglais, & mes rimes tragiques,
Et ma prose aux quarante ! un tel renversement
D'un Etat policé détruit le fondement ;
L'intérêt du public se joint à ma vengeance ;
Je prétends des plaisants réprimer la licence.
Pour trouver bons mes vers il faut faire une Loi ;
Et de ce même pas je vais parler au Roi.
  Ainsi nouveau venu sur les rives de Seine,
Tout rempli de lui-même un pauvre Energumène
De son plaisant délire amusait les passants.
Souvent nôtre amour propre éteint nôtre bon sens,
Souvent nous ressemblons aux grenouilles d'Homère ;
Implorant à grands cris le fier Dieu de la guerre,
Et les Dieux des Enfers, & Bellone, & Pallas,
Et les foudres des Cieux, pour se venger des rats.
Voyez dans ce réduit ce crasseux Janséniste,
Des nouvelles du temps infidèle copiste,

 Verdant

Vendant fous le manteau ces mémoires facrés
De bedaux de Paroiffe, & de Clercs tonfurés ;
Il penfe fermement, dans fa fuperbe extafe,
Reffufciter les temps des combats d'Athanafe.
Ce petit bel efprit, Orateur du barreau,
Allignant froidement fes phrafes au cordeau,
Citant mal à propos des Auteurs qu'il ignore,
Voit voler fon beau nom, du couchant à l'aurore ;
Ses flateurs à diner l'appellent Ciceron.
Bertier dans fon collége eft furnommé Varron.
Un Vicaire à Chaillot croit que tout homme fage
Doit penfer dans Pekin comme dans fon village :
Et la vieille badaude au fond de fon quartier,
Dans fes voifins badaux voit l'univers entier.
Je fuis loin de blâmer le foin très-légitime
De plaire à fes égaux, & d'être en leur eftime.
Un Confeiller du Roi, fur la terre inconnu,
Doit dans fon cercle étroit chez les fiens bien venu,
Etre approuvé du moins de fes graves confrères ;
Mais on ne peut fouffrir ces bruïants téméraires,
Sur la fcène du monde ardents à s'étaler.
Veux-tu te faire acteur ? on voudra te fiffler.
Gardons nous d'imiter ce fou de Diogène,
Qui pouvant chez les fiens, en bon bourgeois d'Athène,
A l'étude, au plaifir, doucement fe livrer,
Vécut dans un tonneau, pour fe faire admirer.
Malheur à tout mortel (& fur-tout dans notre âge)
Qui fe fait fingulier pour être un perfonnage !
Piron feul eut raifon, quand dans un goût nouveau
Il fit ce vers heureux, digne de fon tombeau,

Ci

Ci git qui n̄e fut rien. — Quoi que l'orgueil en dife,
Humains, faibles humains, voila vôtre devife.
Combien de Rois, grands Dieux! jadis fi reverés,
Dans l'éternel oubli font en foule enterrés!
La terre a vû paffer leur empire & leur trône.
On ne fçait en quel lieu floriffait Babilone.
Le tombeau d'Alexandre aujourd'hui renverfé,
Avec fa ville altière a péri difperfé.
Céfar n'a point d'azile où fon ombre repofe;
Et l'ami Pompignan penfe être quelque chofe!

LE

LE
RUSSE A PARIS.

V Ous avez donc franchi les mers hyperborées,
Ces immenses déferts, & ces froides contrées,
Où le fils d'Aléxis inftruifant tous les Rois,
A fait naître les Arts, & les mœurs, & les loix.
Pourquoi vous dérober aux fept aftres de l'ourfe ?
Beaux lieux où nos Français dans leur fçavante courfe
Allèrent de Borée arpentant l'horizon,
Geler auprès du Pole applati par Neuton,
Et dans ce grand projet utile à cent couronnes;
Avec un quart de cercle enlever deux Laponnes.
Eft-ce un pareil deffein qui vous conduit chez nous ?
　—Non, je viens m'éclairer, m'inftruire auprès de vous,
Voir un peuple fameux, l'obferver & l'entendre.
　—Aux bords de l'Occident que pouvez-vous apprendre ?
Dans vos vaftes Etats vous touchez à la fois
Au païs de Criftine, à l'Empire Chinois ;
Le héros de Narva fentit vôtre vaillance;
Le brutal Janiffaire a tremblé dans Bizance ;
Les hardis Pruffiens ont été terraffés;
Et vainqueurs en tous lieux, vous en fçavez affez.
　—J'ai voulu voir Paris: les faftes de l'hiftoire
Célébrent fes plaifirs & confacrent fa gloire.

Tout

Tout mon cœur treffaillait à ces récits pompeux
De vos arts triomphants, de vos aimables jeux.
Quels plaifirs! quand vos jours marqués par vos conquêtes
S'embelliffaient encor à l'éclat de vos fêtes!
L'étranger admirait dans vôtre augufte cour
Cent filles de héros conduites par l'amour;
Ces belles Montbazons, ces Châtillons brillantes;
Ces piquantes Bouillons, ces Némours fi touchantes,
Danfant avec Louïs fous des berceaux de fleurs,
Et du Rhin fubjugué couronnant les vainqueurs;
Pérault du Louvre augufte élevant la merveille;
Le grand Condé pleurant aux vers du grand Corneille;
Tandis que plus aimable, & plus maître des cœurs
Racine, d'Henriette exprimant les douleurs,
Et voilant ce beau nom du nom de Bérénice,
Des feux les plus touchans peignait le facrifice.
Cependant un Colbert en vos heureux remparts
Ranimait l'induftrie, & raffemblait les arts;
Tous ces arts en triomphe amenaient l'abondance.
Sur cent châteaux aîlés les pavillons de France,
Bravant ce peuple altier, complice de Cromwel,
Effrayaient la Tamife, & les ports du Texel.

Sans doute les beaux fruits de ces âges illuftres
Accrus par la culture & meuris par vingt luftres,
Sous vos fçavantes mains ont un nouvel éclat;
Le temps doit augmenter la fplendeur de l'Etat;
Mais je la cherche en vain dans cette ville immenfe.

— Aujourd'hui l'on étale un peu moins d'opulence.
Nous nous fommes défaits d'un luxe dangereux;
Les efprits font changés, & les temps font fâcheux.

F f 4

— Et

— Et que vous reste-t-il de vos magnificences ?

— Mais — nous avons souvent de belles remontrances ;
Et le nom d'Ysabeau * sur un papier timbré,
Est dans tous nos périls un secours assuré.

— C'est beaucoup, mais enfin , quand la riche Angleterre
Epuise ses trésors à vous faire la guerre,
Les papiers d'Ysabeau, ne vous suffiront pas ;
Il faut des matelots, des vaisseaux, des soldats...

— Nous avons à Paris de plus grandes affaires.

— Quoi donc ? — Jansénius — la bulle — ses mistères.
De deux sages partis les cris & les efforts,
Et des billets sacrés payables chez les morts,
Et des convulsions & des réquisitoires
Rempliront de nos temps les brillantes histoires.
Le Franc de Pompignan par ses divins écrits,
Plus que Palissot même occupe nos esprits ;
Nous quittons & la foire, & l'opéra comique,
Pour juger de Le Franc le stile académique.
Le Franc de Pompignan dit *à tout l'univers*,
Que le Roi lit sa prose , & même encor ses vers.
L'univers cependant voit nos apoticaires
Combattre en Parlement les Jésuites leurs frères ;
Car chacun vend sa drogue, & croit sur son paillier
Fixer comme le Franc les yeux du monde entier.
Que dit-on dans Moscou de ces nobles querelles ?

— En aucun lieu du monde on ne m'a parlé d'elles;
Le Nord, la Germanie , où j'ai porté mes pas,
Ne savent pas un mot de ces fameux débats.

— Quoi!

* Greffier du Parlement de Paris.

— Quoi ! du Clergé Français la gazette * prudente ;
Cet ouvrage immortel que le pur zèle enfante,
Le journal du Chrétien, le journal de Trévoux,
N'ont point passé les mers, & volé jusqu'à vous ?

    — Non. — Quoi ! vous ignorez des mérites si rares ?

    — Nous n'en avons jamais rien appris. — Les Barbares !
Hélas en leur faveur mon esprit abusé,
Avait crû que le Nord était civilisé.

    — Je viens pour me former sur les bords de la Seine ;
C'est un Scythe grossier voyageant dans Athène,
Qui vous conjure ici, timide & curieux,
De dissiper la nuit qui couvre encor ses yeux.
Les modernes talents que je cherche à connaître,
Devant un étranger craignent-ils de paraître ?
Le cigne de Cambrai, l'aigle brillant de Meaux,
Dans ce tems éclairé n'ont-ils pas des égaux ?
Leurs disciples nourris de leur vaste science,
N'ont-ils pas hérité de leur noble éloquence ?

    — Oui, le flambeau divin qu'ils avaient allumé,
Brille d'un nouveau feu, loin d'être consumé.
Nous avons parmi nous des pères de l'Eglise.

    — Nommez-moi donc les saints que le ciel favorise.

    — Maître Abraham Chaumeix, Hayer le recollet,
Et Bertier le jésuite, & le diacre Trublet,
Et le doux Caveirac, & Grizel, & tant d'autres ;
Ils sont tous parmi nous ce qu'étaient les Apôtres,
Avant qu'un feu divin fût descendu sur eux :
De leur siècle prophane instructeurs généreux ;

Cachant

* Les Nouvelles Ecclésiastiques.

Cachant de leur fçavoir la plus grande partie;
Ecrivant fans efprit par pure modeftie,
Et par piété même ennuïant les lecteurs.
   — Je n'ai point encor lû ces folides auteurs;
Il faut que je vous faffe un aveu condamnable.
Je voudrais qu'à l'utile on joignit l'agréable;
J'aime à voir le bon fens fous le mafque des ris;
Et c'eft pour m'égaïer que je viens à Paris.
Ce peintre ingénieux de la nature humaine,
Qui fit voir en riant la raifon fur la fcène,
Par ceux qui l'ont fuivi ferait-il éclipfé?
   — Vous parlez de Moliére! oh fon régne eft paffé;
Le fiècle eft bien plus fin; nôtre fcène épurée,
Du vrai beau qu'on cherchait eft enfin décorée.
Nous avons les *remparts* *, nous avons *Ramponeau*;
Au lieu du Mifantrope on voit Jaques Rouffeau,
Qui marchant fur fes mains, & mangeant fa laitue,
Donne un plaifir bien noble au public qui le hue.
Voilà nos grands travaux, nos beaux arts, nos fuccès,
Et l'honneur éternel de l'Empire Français.
A ce brillant tableau connaiffez ma patrie.
   — Je vois dans vos propos un peu de raillerie;
Je vous entends affez; mais parlons fans détour;
Vôtre nuit eft venue après le plus beau jour;
Il en eft des talens comme de la finance;
La difette aujourd'hui fuccède à l'abondance;
Tout fe corrompt un peu, fi je vous ai compris.
Mais n'eft-il rien d'illuftre au moins dans vos débris?

Minerve

* Les Comédies qu'on joue fur le Boulevart.

Minerve de ces lieux serait-elle bannie?
Parmi cent beaux esprits n'est-il plus de génie?
  —Un génie? ah grand Dieu! puisqu'il faut m'expliquer,
S'il en paraissait un que l'on pût remarquer,
Tant de témérité serait bientôt punie.
Non, je ne le tiens pas assuré de sa vie.
Les Bertiers, les Chaumeix, & jusques aux Frérons;
Déja de l'imposture embouchent les clairons.
L'hypocrite sourit, l'énergumène aboye;
Les chiens de Saint Médard s'élancent sur leur proye:
Un petit magistrat à peine émancipé.
Un pédant sans honneur à Bissêtre échappé,
S'il a du bel esprit la jalouse manie,
Intrigue, parle, écrit, dénonce, calomnie;
En crimes odieux travestit les vertus;
Tous les traits sont lancés, tous les rets sont tendus;
On cabale à la cour, on ameute, on excite
Ces petits protecteurs sans place, & sans mérite,
Ennemis des talents, des arts, des gens de bien,
Qui se sont faits dévots, de peur de n'être rien.
N'osant parler au Roi qui hait la médisance,
Et craignant de ses yeux la sage vigilance,
Ces oiseaux de la nuit rassemblés dans leurs trous;
Exhalent les poisons de leur orgueil jaloux:
Poursuivons, disent-ils, tout citoyen qui pense.
Un génie! il aurait cet excès d'insolence!
Il n'a pas demandé nôtre protection!
Sans doute il est sans mœurs & sans religion;
Il dit que dans les cœurs Dieu s'est gravé lui-même;
Qu'il n'est point implacable, & qu'il suffit qu'on l'aime.
Dans

Dans le fond de fon ame il fe rit des Fantins,
De Marie à la Coque & de la fleur des Saints.
Aux erreurs indulgent, & fenfible aux mifères,
Il a dit, on le fçait, que les humains font frères,
Et dans un doute affreux lâchement obftiné,
Il n'ofa convenir que Neuton fût damné.
Le bruler eft une œuvre & fage & méritoire,
Ainfi parle à loifir ce digne confiftoire.
Des vieilles à ces mots au Ciel levant les yeux,
Demandent des fagots pour cet homme odieux;
Et des petits péchés commis dans leur jeune âge
Elles font pénitence en opprimant un fage.

—Hélas! ce que j'apprends de vôtre nation;
Me remplit de douleur & de compaffion.

—J'ai dit la vérité, vous la vouliez fans feinte;
Mais n'imaginez pas que triftement éteinte,
La raifon fans retour abandonne Paris;
Il eft des cœurs bien faits, il eft de bons efprits,
Qui peuvent des erreurs où je la vois livrée,
Ramener au droit fens la patrie égarée.
Les aimables Français font bientôt corrigés.

—Adieu, je reviendrai quand ils feront changés.

TABL

TABLE
DES PIECES
contenues dans ce Supplément.

www.ingramcontent.com/pod-product-compliance
Ingram Content Group UK Ltd.
Pitfield, Milton Keynes, MK11 3LW, UK
UKHW031723170726
13836UKWH00001B/388